Vater und Sohn
Band 1

Vater und Sohn
Band 1

Bildgeschichten von Erich Ohser
mit Versen von Inge Rosemann

Bibliografische Informationen Der Deutschen Bibliothek:
Die Deutsche Bibliothek verzeichnet diese Publikation in der
Deutschen Nationalbibliografie; detaillierte bibliografische
Daten sind im Internet über http://dnb.ddb.de abrufbar.

Impressum

Aus: e.o. plauen „Vater und Sohn" in Gesamtausgabe Erich Ohser, © Südverlag GmbH,
Konstanz, 2000.
Texte: © 2008 Inge Rosemann
Umschlaggestaltung und Satz: Claudia Thorn, DokuSearch Thorn & Baumbach
Herstellung und Verlag: Books on Demand GmbH, Norderstedt
ISBN 978-3-8370-0960-6

Der schlechte Hausaufsatz

Schon Stunden quält sich dieser Knabe
vergeblich mit der Hausaufgabe !

Mit links erledigt Papa das
gemütlich hinterm Tintenfass
und führt in Personalunion
die Feder selber für den Sohn,

der dieses Werk mit Zuversicht
dann präsentiert im Unterricht.
Mit zorngesträubtem Bart am Kinn
sieht sich der Lehrer daraufhin

jedoch genötigt, einzuschreiten
und seinen Schüler zu begleiten

bis vor die Wohnungstür, auf dass er
dem überrumpelten Verfasser

gleich hinterwärts erteilt als Lohn
die fällige Privatlektion.

Das interessante Weihnachtsbuch

Hat der Sohn das Mittagessen
heute wieder mal vergessen?

Trotz vernehmlicher Beschwerde
liest er weiter auf der Erde.

Vater naht mit starken Schritten,
ihn energischer zu bitten,

wirft nach kräftiger Kritik
nur mal eben einen Blick
in das Buch –

da kommt auch er
nicht zurück –

sodass nunmehr
seinem Knaben wird befohlen,
umgekehrt Papa zu holen –

der jedoch befindet sich
seinerseits nicht abkömmlich.

Die Autopanne

Weil es nicht mehr fahren will,
steht das Auto plötzlich still.

Obwohl Papa tief geduckt
oben

und auch unten guckt,
bremst es rätselhafterweise
seinen Wunsch nach Weiterreise.

Pfiffig steigt der Sohn darum

auf sein eigenes Fahrzeug um,
bis nach einem Geistesblitz

Papa hebt sich auch vom Sitz,
schwingt beherzt sein linkes Knie
über die Karosserie,
und per Fußtritt rollert er
mit dem Auto hinterher.

Der laufende Koffer

Ein Reisender vornehmster Art
zeigt seine Karte vor der Fahrt.

Kaum hat er sich kurz umgewandt

und seinen Koffer aus der Hand
der Auskunft wegen abgestellt,

als dieser aus der Rolle fällt,
indem gespenstisch wie ein Geist
er von alleine weiterreist.
Der Kontrolleur zieht in Betracht
nunmehr erheblichen Verdacht :
Durch Kleidung und Gepäck erweisen
gewisse Gentlemen auf Reisen
so lange nur sich als solid,
wie man, was drunter ist, nicht sieht.

Friedensstifter

Mit Vergnügen hauen sich
kleine Buben – freundschaftlich.

Mordsgeschrei! – Als Vater fragt,
wird der andere angeklagt,
und nach heulendem Appell

droht ein neues Boxduell –

bis nach einer Aufwärmphase

bei Gefahr von Kinn und Nase
- zwar auf höherem Niveau,
aber sonst ganz ebenso –

die erbitterten Parteien
sich verprügeln und entzweien,
während längst die beiden Knaben
wieder sich vertragen haben.

Besuch bei den Robben

Der Vater geht inkognito
mit seinem Sohn durch einen Zoo,
und während er sein Pfeifchen raucht,

großäugig aus dem Teiche taucht
ein Seehund auf, der irgendwie
zeigt menschliche Physiognomie,
die eioval und glatzköpfig
und auch so barsch schnurrschnauzbärtig

dem Sohne obwohl pelzig feucht
Papa haarsträubend ähnlich deucht –

Das ganze Seehundpersonal
grüßt den Besucher kollegial,
der sich so unbewegt fixiert
fühlt von der Sippschaft annektiert
und schwindelig, als ob er steht
am Abgrund der Identität,
verlässt nach dem Willkomm entschlossen
die fremden Freunde mit den Flossen.

Der Meisterschuss

Vater hat ins Aug gefasst
eine Scheibe an dem Ast.

Aber kraftlos abgebogen,
senkt sich aus dem Lauf geflogen
vorm zu weit entfernten Ziel
das erlahmte Projektil
mit demütiger Gebärde
lustlos langsam auf die Erde.

Doch vom Sohn herangerückt,

scharf der Schuss ins Schwarze glückt,
der ein Ziel, zu hoch gewählt,
unter Garantie verfehlt.

Knipsen mit Verschönerung

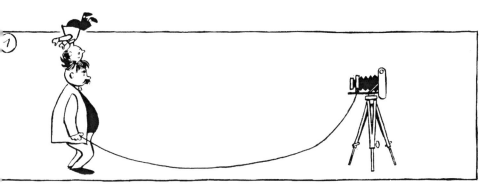

Dieser Doppelakrobat
knipst mit Fotoapparat
seine kunstvoll kuriose
zerebrale Symbiose,

bis nach scharfem Schnitt der Schere
der schon leider lange leere
väterliche Glatzenkopf

mit dem neuen Fransenschopf
oberflächlich dekoriert
wie verjüngt sich präsentiert.

Grenzen der Malerei

Oh! - Der Spiegel ist zerschlagen -

was wird Vater dazu sagen?

Mit dem Hockeyschläger feste
haut der Knabe auf die Reste.

Vaters füllige Figur
malt der Pinsel. – Die Kontur
millimeterkongruent
wartet als Äquivalent
mild gerundet und jovial
reglos aufs Original,
das nichts einzuwenden fände,
wenn es gegenüberstände.

Dieser Plan entwickelt sich
wie gewünscht nur anfänglich,
als Papa zum Spiegel schreitet :
Dort jedoch, wie vorbereitet,

zeigt sich dem erstaunten Blick
wie durch einen Zaubertrick
eine Fliege statt Krawatte,
die er umgebunden hatte –
Sonderbar! – In Anbetracht des
sich erhebenden Verdachtes
wird ein Donnerwetter reichlich
jetzt für jemand unausweichlich,
der jedoch nicht wetterfest
schnell das Atelier verlässt.

Gymnastik am Morgen

Sohn und Vater heldenhaft
stärken ihre Muskelkraft,
wenn sie früh die festgefassten
schweren schwarzen Eisenlasten
bis zum Knacken von Gelenken
über ihren Schädeln schwenken,

wie die Wilden Seilchen springen,

hoch am Reck kopfüber schwingen

oder präsentieren klotzig
ein Gewicht, das muskelprotzig
mit nur einer Hand nach oben
triumphal wird hochgehoben,

bis zuletzt mit Nonchalance
beide Künstler in Balance

wie die Engel ohne Schwere
schweben durch die Atmosphäre.

Varieté zu Hause

In die Polster kleinbekleckst
lehnt sich Vater ganz relaxed,
wenn mit Troddel auf der Mütze
und der Puffpantoffelstütze
wie ein Pascha breitbebaucht
sonntags er Zigarre raucht.
Aus gespitztem Mund mit Kunst
bläht oval sich blauer Dunst,
während er im Negligé
als privates Varieté
durch den Rauch von Tabaksringen
lässt den Pagen Hürden springen.

Einschlafen mit Hindernissen

Ist ein Kind ins Bett gegangen,
soll es an zu schlafen fangen.

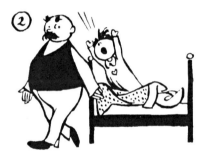

Aber heftig widerstrebend
als Tragöde sich erhebend,
brüllt es,

bis Papa vorm Bett
schiebt es über das Parkett,

doch gebärdet danach sich

nun erst recht so untröstlich,

dass es Vater sachte wiegt,
während er am Boden liegt
und den Heuler nackt im Hemd
keuchend in die Höhe stemmt,

worauf er das Spiel beendet:
„Schluss jetzt!" –

8

Ehe er sich wendet,
hält der Knabe mit Protest
ihn verzweifelt schluchzend fest,

9

bis dann endlich diese braven
Kämpfer Seit an Seite schlafen,
während Vater sich beengt
unten übers Bettchen hängt –

Das gute Beispiel

Wie ist doch dem Buben bange
vor der großen Eisenzange!

Vater zeigt dem Filius,
wie man so was machen muss

und setzt wahrhaft vorbildlich
auf den Stuhl des Zahnarzts sich.

Dieser sieht, dem Rachen nah,
jetzt die Zähne von Papa,

und sofort wird, wie beim Sohn,
fällig eine Extraktion,

welche aber abzuwenden,
sträubt mit Füßen und mit Händen
Papa brüllend als Patient
sich nicht weniger vehement –

„Vorne lang, hinten kurz"

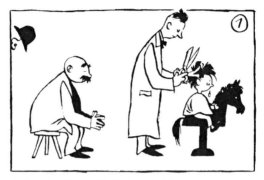

Ach, wie dieses Bübchen leidet,
wenn man ihm die Haare schneidet!

„Vorn lang, hinten kurz!", erklärt

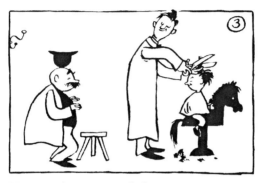

Vater und setzt umgekehrt
seinen Hut auf, Männchen machend,
dass der Reiter wieder lachend
durch die Possen abgelenkt,
nicht mehr an den Haarschnitt denkt.
Als die Schere bei der Schur
klappert um die Haarfrisur,
wendet er den Kopf –

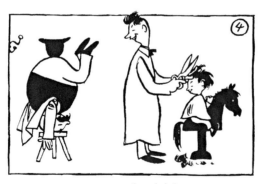

desgleichen
blickt bei Papas Kasperstreichen
auch belustigt der Friseur

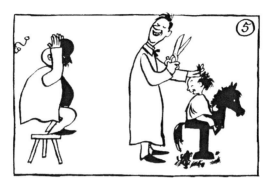

zu dem drolligen Jongleur,

welcher dann den Sohn erstaunt
nicht mehr ganz so gut gelaunt
vorne blank und hinten lang
nimmt mit Glatze in Empfang.

„Die vergessenen Rosinen"

Vater bastelt hier als Bäcker
einen Kuchen. – Duftend lecker

wird er sorgfältig zuletzt
sachte in den Herd gesetzt.

Doch das Kind bemerkt zu spät
die Rosinen im Paket,

die Papa vergaß, beizeiten
in den Teig einzuarbeiten.

Darauf mit der Büchse zwecks

Bombardierung des Gebäcks

feuert er sie mit Gewalt
in den Kuchen, dass es knallt -
krönend den Rosinenkrieg
durchschlagend mit Nahkampfsieg.

Der kleine Auskneifer

Fäusteballend, wutentbrannt
kommt der Vater angerannt,
als der Ball beim Fußballspiel
ganz von selbst durchs Fenster fiel.

Darauf ist der Sohn bis sieben
seinem Zorne ferngeblieben

und hält weiter vorsichtig
konsequent auf Abstand sich,

dass der Vater draußen spät
voll Verzweiflung suchen geht,
ob ein Zeichen seines Lebens
sich noch fände – doch vergebens
ruft er ihn dort überall,

bis vorm Hause ihm der Ball
durch die Scheibe wie gezielt
punktgenau wird zugespielt,

und als Schütze hochbeglückt
fest an Vaters Herz gedrückt,
gibt es jetzt für seinen Jungen
keinerlei Beanstandungen.

Ausritt ins Freie

Dieser Knabe langweilt sich,
heult und hampelt untröstlich,

bis er auf des Rosses Hufen

über alle Treppenstufen
wie ein Ritter aus dem Haus
reitet in die Welt hinaus!

Als ein Herr, der sie so sieht,
seinen Hut befremdet zieht,
muss gebeugt auf Hand und Knien
auch das Pferd den seinen ziehen –

Kommt ein Hündchen keck gegangen
und will an zu spielen fangen :
Aber als es nah erblickt
Vaters Schnauzer, da erschrickt
sich der kleine Kläffer und

flieht vor diesem Höllenhund.

Rache des Daheimgebliebenen

Der Vater fährt, wie Väter sind,
an diesem Abend ohne Kind
wer weiß – wohin – in eigener Sache.

Das Kind bepinselt still als Rache
die Kugeln überm Portikus
mit Papas Kopf als Zerberus
so grimmig und so steinern stur,

dass Vater nach der Autotour
empfängt vervierfacht vom Gemäuer
sein Ebenbild als Ungeheuer.

„Die Ostereier bringt der Osterhase"

Der Vater hängt mit eigener Hand
auf einen Nagel an die Wand
in echt naturgetreuem Stil
ein Bild von Lampe im Profil,
das passend zu der Jahreszeit
des frommen Tieres Tätigkeit,
wenn es die Eier transportiert,
vor aller Augen demonstriert.

So fürsorglich nun aufgeklärt,
der Knabe gleich

das Sparschwein leert,

zu kaufen für die Osterfeier
gefüllte Schokoladeneier –

„Wo kommt das her?", fragt seinen Sohn
der Vater in gestrengem Ton,

worauf die Antwort lautet prompt,
dass es vom Osterhasen kommt.

Missglückte Herausforderung

Als Papa betroffen sieht,
was im Hintergrund geschieht,

lässt er seinen Sohn gelassen
mit der Pfeife sich befassen,
der nach Kräften heldenhaft
giftig schwarzen Tabak pafft

und bei dieser Prozedur
stramm sich stellt in Positur,
dass die Arme stolz verschränkt
Vaters Blick er auf sich lenkt,

der jedoch die Tagespresse
liest mit steigendem Interesse,
wovon er durch Fußaufstampfen
und verstärktes Pfeifedampfen
ohne Blick und Kommentar
heute scheint nicht ablenkbar.

Plötzlich fühlt der Raucher sich
anders – ihm wird schwindelig –

Mit dem Knaster ist er fertig,
den dermaßen widerwärtig
er mit schauderndem Protest
schweigend Papa überlässt
weiterschwelend auf dem Knie.
Übel ist ihm! – Aber wie –
und indem er sich entfernt,
hat er die Lektion gelernt,
sich an solchen scharfen Pfeifen
vorerst nicht mehr zu vergreifen.

Fahrt zur Baumblüte

Wie fühlt sich der Mensch beglückt,
wenn er auf dem Land frühstückt,

und, wo Wein wird aufgetischt,
Kehle und Gemüt erfrischt,
denn von ganz besonderer Güte
ist der Wein zur Obstbaumblüte.

Selig, bis die Sonne sinkt,
lehnt Papa am Baum und trinkt
eine Flasche nach der andern,

bis die zwei nach Hause wandern
lauthals mit Triumphgesang
in berauschtem Überschwang,

wobei Vater wundersam
Kinder unterwegs bekam

und für vier von solcher Sorte
Karten kauft zum Abtransporte.

Die Platte bringt es an den Tag

Ausverkauft! – Büro geschlossen!

Aber als die Herrn verdrossen
ohne irgendwas zu sehen,
horchend vor der Mauer stehen,

steigt der Sohn auf den Papa,
wo das Aug der Kamera
unter wiederholtem Klicken
kann gezielt aufs Spielfeld blicken,

und vergnügt mit diesem Schatz
eilen sie vom Fußballplatz.

Sieh ! – Zu Haus entwickelt sich

Spiel und Spannung nachträglich,
wenn im Zimmer – abgedunkelt,
während eine Birne funkelt –
beim geknipsten Happy End
von zwei Fans jetzt vehement
selig, von Triumph erfüllt,
hemmungslos wird: „Tor !" gebrüllt.

Der Brief der Fische

Mit der Pfeife listig lauernd
angelt Vater schon andauernd,
ohne dass er etwas fängt,
das sich an den Haken hängt.
Hinter seinem Rücken leise
ist der Sohn auf seine Weise
auch beschäftigt,

bis kopfüber

er zur Angel taucht hinüber,

wo als stille Post ein Blatt
wird befestigt, und anstatt
fetter Beute, welche frei
schwimmt am Köder jetzt vorbei,

von dem Tierfreund angeseilt,
findet Vater mitgeteilt,

dass die Fische heut nicht wollen,
sondern mit hochachtungsvollen
Grüßen hiermit einstweilig
höhern Orts empfehlen sich.

Glückliche Lösung

Sohn und Vater immer nasser
wandern durch das Regenwasser,
während andere vorsorglich
führen einen Schirm mit sich –

Um vorm Wetter sich zu schützen,
will ihn Vater auch benützen,

doch er drückt ihm immer schiefer
den gebeugten Nacken tiefer,

bis der Vordermann nach oben
plötzlich sich fühlt hochgehoben,
wo er fest gepackt an seinen
beiden kleinen Zappelbeinen
widerwillig auf dem Ritt
sie beschirmen muss zu dritt.

Praktische Erfindung

Ein braver Hund ist gleich blamiert,
wenn er nicht fleißig uriniert
und jeden Baum, dem er begegnet,
mit einer stillen Post beregnet,
wobei das feuchte Defilee

im Intervall an der Chaussee
bremst an der Leine ständig mit

Ruck - des Begleiters Wanderschritt.
Zwar zieht man ihn, doch konsequent

verharrt der Fips als Opponent
in standhaft stummer Widersetzung
bei vorschriftsmäßiger Benetzung,

weshalb der Knabe baut mobil
als räderrollendes Ventil

ein jederzeit beträpfelbar
bequem präsentes Pissoir.

Ein Jahr später

Voller Stolz der Vater misst,
wie groß jetzt sein Junge ist,

und um später zu vergleichen,
macht er in den Stamm ein Zeichen.

Still vergeht die Lebenszeit,
auch im Winter, wenn es schneit,

bis im Frühling neu gemessen,
Papa staunt, dass unterdessen
dieser Knabe offenbar
kürzer ist als letztes Jahr –
denn ein Bäumchen wächst geschwinder
als die kleinen Menschenkinder.

Beim Spiel darf niemand stören

Vater spielt mit Kind und Hund,
als die drei ein Vagabund

hinterhältig überfällt
mit der Forderung nach Geld,
die er dadurch unterstützt,
dass er ein Pistol benützt

und die Hand entgegenstreckt,
ohne dass er sie erschreckt:

So ein Wunsch wird nicht erfüllt,
wenn er auch noch lauter brüllt
und ganz nah, doch unbemerkt
mit dem Schießzeug rumfuhrwerkt.

Papa, ohne hinzuhören,
lässt sich nicht beim Spielen stören!

Mit gegürteter Kanone
weicht der Schurke, aber ohne
dass er einen Schuss geschossen,
bargeldlos und tief verdrossen,
während ohne Defizit
die Familie zu dritt
weiterspielend mit dem Hut
sich entfernt voll Übermut.

Hoffnungsloser Fall

Als der Knabe mit Hurra

von dem Zaun mit dem Papa

wie ein Frosch hüpft immer wieder
jauchzend vor Begeisterung nieder,

kommt der Wärter, welcher wettert,
wenn man auf die Stange klettert
und ermahnt sie, bis er denkt,

dass sie stumm den Kopf gesenkt,
sich gehörig dafür schämen
und jetzt ordentlich benehmen –

Doch betrübt und voller Reue
balancieren sie aufs Neue !
Fassungslos beim Blick aufs Paar
rauft der Wärter sich das Haar,
und der Stock fällt aus der Hand
wegen solchem Unverstand.

Die Geburtstagsüberraschung

Man muss schon sorgfältig bedenken,
was man dem Papa könnte schenken,
das einmalig und kostenlos
als Überraschung riesengroß
zu Hause, wo der Vater wartet,
in kunstvoller Dressur dann startet

durch Hebung beider Hinterbeinchen
der zwei gelehrig schlauen Schweinchen,

dass dem erstaunten Jubilar
sein nunmehr neues Lebensjahr
mit Ringelschwänzchen einstudiert,
im Pfotenstand wird präsentiert
so ferkelig vergnügt anal
und unbefangen rustikal –
Perfekt! – So zeigt sich Kunst am Schwein
im zeitgenössischen Design.

Spiel am Strande

Sohn und Vater voller Schwung
werfen mit Begeisterung

alle Steine ringsumher
um die Wette in das Meer.

Schließlich liegt da nur noch ein
allerletzter kleiner Stein –

Schade! – Dieses Spiel ist aus!
Traurig gehen sie nach Haus,

bis der Vater massenhaft
Nachschub hat herangeschafft,

über welchen aufgeschichtet
und zum Haufen nachts errichtet,
sie am Morgen mit Vergnügen
ohne Einschränkung verfügen
in Gestalt der stets liquide
steinbestückten Pyramide.

Schach dem Vater

Lächelnd und zurückgelehnt,
weil er längst sich Meister wähnt,
schaut der Vater, wie der Sohn
in so zartem Alter schon
tapfer, aber viel zu schwach
Papa schlagen will im Schach,

um mit hochgezogenen Brauen
vorgebeugt aufs Spiel zu schauen,
als die kleine Hand gelassen
zugreift, um das Pferd zu fassen,

worauf Vaters jugendlicher
Partner lächelt siegessicher,

und gelangweilt abgewandt

wird der Papa kurzerhand
überlegen mattgesetzt,
welcher grübelnd bis zuletzt

legt nach dieser Schachpartie
den Gewinner übers Knie,
um ihn damit sozusagen
doch am Ende noch zu schlagen.

Auch Tadel hat seine Grenzen

Als der Knabe Fußball spielt,
trifft er plötzlich wie gezielt
einen Herrn, der als Passant
zufällig im Wege stand,

worauf dieser, sich beschwerend,
mahnt den Schützen nun fortwährend,

welchem bei der vorwurfsvollen
Predigt bittere Tränen rollen,
während Vater nachdrücklich
unterstützt den Wüterich.

Doch der redet noch viel länger,
unentwegt und immer strenger,

bis ein Treffer mit dem Ball
stoppt ihm seinen Redeschwall

und er dasteht, stumm vor Wut,
fassungslos und ohne Hut.

Dank der Dickhäuter

Vater hat dem Kind gebückt
Futter in die Hand gedrückt

②

und passt auf, als ein erfreuter
näher schreitender Dickhäuter
seinen Rüssel langgestreckt
tastend in die Tüte steckt,

③

worauf dann auf ihre Weise
wortlos nach Empfang der Speise
die Mama mit ihrem Jungen
dankt den Spendern halsumschlungen.

Der Sonnenuntergang

Vater kommt, um im bequemen
Ohrensessel Platz zu nehmen,

wo jetzt unterhalb des Kopfes
mittels eines Farbentopfes

leise malt des Pinsels Spitze

eine stimmungsvolle Skizze.

Doch im Rahmen der Idylle
hält Papa den Kopf nicht stille :
Eh die Sonne untergeht,

hat er ihn herumgedreht,
dass sein Barthaar wüst und wild
flattert in des Künstlers Bild
und die Kinder jubelnd schauen
auf gesträubte Augenbrauen,
bis nach solchem Donnergrollen
gleich sich überm friedevollen
Abend einer dauerhaft
dargestellten Seelandschaft
handgemalt mit Polsterschaden
ein Gewitter wird entladen –

Das misslungene Konzert

(1)

Hier erwerben zwei Talente
ihre Lieblingsinstrumente,

(2)

die sie gleich

(3)

beim Musizieren
zuversichtlich ausprobieren.
Doch entsetzt die zwei Ästheten

(4)

ihr vergnügtes Lostrompeten,
dass befremdet man in Kürze

(5)

solche Elefantenfürze

(6)

unterlässt und stark verstimmt
voneinander Abstand nimmt,

(7)

doch dem Partner gibt im Streite
Schuld an der totalen Pleite,

(8)

bis

(9)

versöhnt sie um die Wette
lautlos blasen die Duette
auf mit Tabak oder Seife
fest gestopfter Friedenspfeife.

Der Schlafwandler

Zu geheimnisvollem Zwecke
schreibt der Knabe auf der Decke,

bis am Abend schon so spät
noch die Stubentür aufgeht
und behangen mit Plakat
schweigend sich ein Schläfer naht,

der mit einem Schild aus Pappe

steigt auf die Kommodenklappe.
Sprachlos steht Papa vor dem
schlafwandelnden Phänomen,
das wie träumend mit der Hand
greift zum Glas im Zehenstand

und dann ohne Blick und Gruß
sich entfernt auf flottem Fuß,

um im Bett die süße Speise
zu verzehren kleckerweise.

Der unheimliche Nachbar

Höflich ist ein Herr gekommen
und hat gleichfalls Platz genommen,

wo bereits ein anderer Gast
mit der Zeitung sich befasst.

Doch befremdet und erschrocken
sieht er einen Bart voll Locken
da, wo vorher keiner war,
an dem stummen Tischnachbar,

bis er sich ihm wie vorhin
zeigt mit glattrasiertem Kinn,

danach aber unerwartet
plötzlich wieder vollbebartet –

Als der Zeuge nach dem Schock
fassungslos im offenen Rock
vor dem Spuk nach hinten fällt,
dass die Lehne ihn nicht hält,
überrascht die Reaktion
Vater mit dem kleinen Sohn,
welcher artig auf Papas
Schoß im Schutz der Zeitung saß.

Die verdächtige Spirale

Mit dem Futter in der Hand
foppt das Kind den Elefant,

bis der Rüssel rundgeringelt
schmerzlich sich zum Knoten kringelt.

Als der Vater voller Wut
sieht, was da sein Sprössling tut,

wird der Rüssel krummgebogen
wieder von ihm glattgezogen,
doch dem Braven tiefgekränkt
noch am Aug ein Tränlein hängt.

Etwas weiter auf dem Wege
zeigt die Ziege im Gehege
ihre Spieße überm Haupt
in Spiralen hochgeschraubt –

Das beweist unzweifelhaft
wiederholte Täterschaft!

Wer einmal hat ein Ding gedreht,
schnell wieder in Verdacht gerät,
obwohl das Schild am Gatter vorne
erklärt die Form von solchem Horne.

Noch einmal, es war so schön

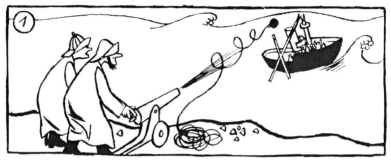

Als die Passagiere waren
händeringend festgefahren,
gleich zwei Männer mit Südwester,
Stiefeln und sehr wetterfester
Kleidung schießen mit Salut
auf den Dampfer in der Flut,

dass am ausgeworfenen Seile
Sohn und Vater werden heile
aus den wilden Meereswogen
hoch im Korb an Land gezogen

und gestärkt mit Rum und Brot.

Aber dann – im Ruderboot
sieht man sie zum Wrack hinsteuern,

um den Jubel zu erneuern,
wenn man wieder so erhebend
beide in der Gondel schwebend
an dem Seil, noch straff gespannt,
zieht zum zweiten Mal an Land.

Der verlorene Fußball

Als Papa den Ball nicht hält,

dass er in ein Loch reinfällt,

hat der gute Vater sich
selbst versenkt ganz vorsichtig
zur Verfolgung dieses Balls
durch die Öffnung des Asphalts
ohne Beistand einer Kerze

schaurig in des Abgrunds Schwärze,
wo nach bangem Aufenthalt

stumm die Spitze der Gestalt
langsam wieder aufwärtssteigt
und gewölbt dem Blick sich zeigt.
Feste des Formates wegen
tritt der Wartende dagegen,

ehe er voll aufgerichtet
Papas Glatze gänzlich sichtet,
die jetzt etwas ausgebeult

anschwillt, dass der Täter heult,

bis sie nach dem Zwischenfall
engumschlungen mit dem Ball
wenden sich gesenkten Blickes
von dem Ort des Missgeschickes.

Vermengung von Traum und Wirklichkeit

Als Vater auf dem Sofa liegt
und träumt, dass er im Himmel fliegt,

bemerkt er plötzlich mit Empörung
im Flugverkehr vorn eine Störung,
indem man dort ein Puttchen rupft
und Federn aus dem Flügel zupft –
Wird nicht von oben dem Barbaren
ein Donnerschlag dazwischenfahren ?

Doch halb im Traum noch transzendent
hinflatternd übers Firmament,
erblickt der Vater auf dem Sohne
die so geraubte Federkrone,

um unverzüglich zu verprügeln
den Frechdachs mit den Engelsflügeln.

Die Lehre von der Hilfsbereitschaft

Seinen Wagen zu bewegen,
muss der Mann ins Zeug sich legen,
dass bergauf mit Ach und Krach
keuchend liegt der Ärmste flach.

Vater und der Sohn, sie schieben,

doch der feine Herr belieben
sich zu setzen mit Zigarre
faul auf seine Möbelkarre.

Einer merkt es. – Voller Zorn
eilt er ahnungsvoll nach vorn,

wo der Mann, der sorglos fährt,
eines Bessern wird belehrt,

und verwundert blickt der Sohn
auf des Vaters Strafaktion.

„Kleider machen Leute" oder „Der erfinderische Kleingärtner"

Pferdeäpfel, stets begehrt,
werden freudig aufgekehrt.
Als sie kollern aus dem Ross

in den Park vom Grafenschloss,
lässt der Pförtner ungebeten
ihn von Strolchen nicht betreten,

wobei er das Maul aufreißt,
als er sie vom Platz verweist.

Listig daraufhin die beiden
vornehmer zu Haus sich kleiden :

Ein Matrose und der Frack –
sie entsprechen dem Geschmack
jeden Pförtners, wie nicht minder
diese Golduhr samt Zylinder,
krönend Blick und Körperhaltung
herrschaftlicher Kraftentfaltung!

Solchen Herrn mit Überzeugung
wird er Zutritt durch Verbeugung
untertänig gern gewähren –
worauf auch sie Mist aufkehren!

Ordnung muss sein

Auf der Flucht nach dem Malheur
fasst Papa den Deserteur,

um ihn zu bestrafen, doch

findet hinterwärts ein Loch
und fühlt nach genauen Blicken

sich genötigt, es zu flicken.

Mit der Nadel und dem Faden

repariert er

diesen Schaden,

darauf wieder ausgiebig
dem Verprügeln widmend sich,
wie die Pädagogen pflegen
feste des Prinzipes wegen.

Der verdächtige Rauch

Vor dem Knaben höchst verdächtig
dampft es aus dem Hause mächtig!

Schnell zu löschen diesen Brand,
ist er erstmal fortgerannt,

worauf er zurückgekehrt
ein Gefäß voll Wasser leert –

Aber nach der aufmerksamen
Tat schaut aus dem Fensterrahmen
jetzt mit Pfeife und Protest
der Papa total durchnässt,
welchen, wenn er sitzt und raucht,
keiner zu begießen braucht.

Kunst bringt Gunst

Sprachlos mit entsetztem Blick
sieht nach diesem Missgeschick
Vater aus der Flasche fließend
auf den Teppich sich ergießend
schwarze Tinte! –

Zur Belehrung
holt er stumm nach der Bescherung

③

einen Stock. – Der Filius
bildet aus dem Tintenfluss
mit erhobenem Schweif und Tatzen

④

einen Zug von Raubtierkatzen,
denn der Fleck, statt zu beschmutzen,
lässt sich als Motiv benutzen.

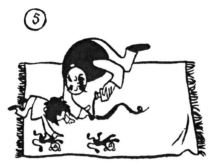

Auch ein Natternleib mit Kopf
wälzt sich aus dem Tintentopf,
als der Vater schnell versöhnt
dieses Kunstwerk noch verschönt,

das sich für die Künstler beide
offenbart als Augenweide.

Im Krieg sind alle Mittel erlaubt

Hier wird heute Krieg gespielt !
Als Fontänen scharf gezielt

aus den Wasserrohrgeschützen
auf des Feindes Flotte spritzen,

hat der Vater vorgedrängt
mit der Hand ein Schiff versenkt

und das zweite von den Schiffen

wieder unfair angegriffen !
Doch da trifft ein kalter Dämpfer
diesen rücksichtslosen Kämpfer :

Tropfendnass das Weite suchend,
gibt er auf, das Spiel verfluchend.
Nach dem eingeführten Brauch
darf der Knabe nunmehr auch
ohne Zögern und Bedenken
Vaters Flotte so versenken –
wie manch neue Kampfmethode
bald beim Gegner kam in Mode
und nach Art von Bumerangen
den traf, welcher angefangen.

Der letzte Apfel

Vater, der den Stamm umfasst,
schüttelt ihn – doch hoch am Ast,
ohne dass es runterfällt,
trotzig sich das Obst festhält.

Der Spazierstock trifft direkt
auf ein anderes Objekt,

worauf er zu kurz sich zeigt,
als Papa den Baum besteigt.

Auch der Stiefel, ausgezogen
und am Ziel vorbeigeflogen,

hat sich an den Zweig gehängt –
Vater hüpft, bis er ihn fängt

und vom Kampfplatz endgültig
wendet voller Würde sich,
ohne diese Frucht zu pflücken,
welche hinter seinem Rücken
ungesehen dann alsbald
still verliert den letzten Halt –
In Zeit und Raum fehlt oft zum Glück
ein nur minimales Stück.

Abfuhr des Widerspenstigen

Hei ! – Wie flott der Vater reitet,
hoch zu Ross vom Sohn begleitet !

Doch das Pferd bleibt plötzlich stehen
und will keinen Schritt mehr gehen,

lässt durch Ziehen

oder Drücken
sich nicht von der Stelle rücken :

Unbegreiflich stur und steif
hebt es weder Huf noch Schweif,

bis die Reiter zum Transport
rollen es auf Rädern fort.

Die Unterschrift

Hier erfordert die Zensur
des Erziehers Signatur,

dass der Schüler deprimiert
mit dem Heft nach Haus marschiert:
Eine Unterschrift vom Vater?
Das gibt höllisches Theater!

Darum übt er mühselig,
blind zu schreiben, Strich für Strich,

worauf Papa auf dem Bauch

gleich probiert das Kunststück auch
blindlings und mit Leichtigkeit

beidseits zur Zufriedenheit.

„Ungelogen, sooo ein Fisch!"

Dieser Angler ganz gering

nur ein armes Fischlein fing,

das jedoch hat zugenommen,
als zu Hause angekommen
stolz ein kleiner prahlerischer
kühn und starker Raubtierfischer
seine Arme so weit breitet,

dass der Vater ihn begleitet,
um sofort die Lügenmären
pädagogisch aufzuklären.

Doch vom Räuber halb verschluckt

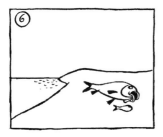

wurde auf den Strand gespuckt

noch ein Fisch ! – Vor diesem Fund
staunt der Vater sprachlos, und
selbst des Argwohns überführt,

gratuliert er ganz gerührt
seinem überraschten Sohn
zu der Riesensensation :

Dieser Fisch ist zweifellos
ungelogen armbreit groß –

(Still daneben liegt noch einer
ganz bescheiden und viel kleiner.)

Heimliche Weihnachtsbasteleien

Was wird hier geheim gesägt

und still unters Bett gelegt?
Manch ein braver Heinzelmann
fängt vorm Fest zu basteln an –

Ehe Vater möglichst leise
tätig wird in gleicher Weise,
naht dem Schläfer zur Kontrolle
er auf Socken weich von Wolle
und erblickt ganz still und brav

seinen Sohn in tiefem Schlaf.

Einem Heinzelmann bekanntlich
ist der Fuchsschwanz, kurz und handlich,
bei der Arbeit unentbehrlich –

heute fehlt er unerklärlich.

Als der Sohn mit wachen Ohren
hört den Vater rumrumoren,

eilt er, mit gebeugten Knien
unterm Bett hervorzuziehen

den alsbald sich zackig scharf
präsentierenden Bedarf.

Die Weihnachtsbescherung

Sohn und Vater feierlich
reichen die Geschenke sich,
und es strahlen die Gesichter
hell im Glanz der Kerzenlichter.

Nach Umarmungen und Kuss
und gerührtem Tränenfluss

schallt von der Pianobank
einträchtiger Festgesang,

bis der Sohn fängt an zu radeln
um des Baumes Tannennadeln.

Als der Vater abends spät
barfuß vor dem Spiegel steht,
wird zum Schlips, gleich umgehängt,
der Spazierstock flott geschwenkt,
und wie prachtvoll passt dazu
der bequeme Sporthandschuh !

Nach Begutachtung der Gaben
schaut er noch mal nach dem Knaben :
Stramm mit Helm und Bajonett
liegt er als Gendarm im Bett,
der im Traum keinen Moment
sich vom neuen Fahrrad trennt.

Jahresschluss mit Knalleffekt

Mild gesinnt zum Jahresschluss
schickt Papa den Filius,
dass er ihm ein Töpfchen voll
warmer Milch besorgen soll.

Wartend schaut er auf die Uhr –
wo bleibt denn der Junge nur?

Schließlich kommt er, nachzusehen,
und sieht ihn vorm Laden stehen,
wo beim Anblick von Pistolen
er verweilt, statt Milch zu holen

und mit Nachdruck wird belehrt:
„So ein Blech ist doch nichts wert!"

Festen Schritts zum Kuhmilchkauf
machen sie erneut sich auf –
Doch der Gang der zwei Gestalten
wird gebremst und aufgehalten,
als der Blick, vom Blech geblendet,
wie gebannt zurück sich wendet

und die Unternehmung stockt –
bis sie hinterrücks verlockt

von geheimen Kaufgelüsten
sich mit Munition ausrüsten,

worauf unterm Henkeltopf
kühn als Kappe überm Kopf
hei ! – zwei Räuber aus Wildwest
jauchzend ballern in das Fest.

Ende gut – alles gut

In der Doppelformation
zeigt der Vater mit dem Sohn,

wie man übers Eis hinfliegt
und zu zweit im Takt sich wiegt.

Wie entzückend elegant
werden dabei Fuß und Hand

so wie im Ballett nach oben
voller Grazie hochgehoben –

bis beim Salto sie mit allen
Pfunden fett herunterfallen.

Nach der Landung – horch – es knackt –
platsch ! - sind sie im Eis versackt !

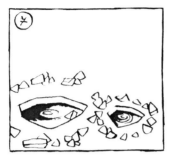

Zweimal zeigt sich da nur noch
ein verschieden großes Loch,

wo sie von der Flut erfrischt
haben fröhlich was gefischt

und im Badetuch gewandet
nicht vergebens sind gestrandet.

Das geopferte Frühstücksbrot

Der Knabe beißt ins Frühstücksbrot
und sieht, die Vöglein leiden Not.

Als er voll Mitleid niederhockt
und von der Stulle Krümel brockt,

kommt eine Dame, die voll Güte
mit der gekauften Futtertüte

im Pelz sich stellt als Tierfreundin
verführerisch fürs Foto hin.

Gerührt umarmt von dem Begleiter,
geht sie nach diesem Auftritt weiter,
worauf das Kind, von ihr verdrängt,

gleich wieder an zu füttern fängt,
der Himmel aber selber sich
bei dem bedankt, der mildtätig
in wahrhaft frommer Handlungsweise
so spendet seine eigene Speise.

Das kluge Pferd

Durch Schnee und Winterberglandschaft
erhebt man sich mit Pferdekraft
am Gurt und lässig lockeren Zügel
zur Spitze von dem Skisporthügel,

bis die Gesellschaft umgekehrt
von oben wieder runterfährt,
wobei das grundgescheite Vieh
bequem sich setzt mit auf den Ski.

„Erziehung" mit angebrannten Bohnen

Vater rührt im Topf als Koch
eine Suppe,

der jedoch

trotz des Vaters strenger Predigt

schweigend

sich das Kind entledigt,
als es diese mit Protest
seinem Hündchen überlässt,

das nach kritischer Betrachtung

sich entfernend voll Verachtung,
lässig mit der Hinterpfote
dankt für solche Angebote.

Da hat Papa kurz entschlossen
auch das Essen ausgegossen,

und statt braunen Bohnenbreis
gibt es prima Sahneeis.

Mit Witz Bescheid „geritzt"

Arme auf der Brust verschränkt,
läuft der Meister – wie er denkt –
mit erhobenem Blick grandios,

bis nach dem Zusammenstoß
alle strampeln mit den Beinen

und der Herr die armen Kleinen
hemmungslos, von Zorn erfüllt,
mit geballter Faust anbrüllt –

Vater aber, sich entsprechend
wortlos für die Grobheit rächend,
macht dem Herrn unmissverständlich

schneidend sein Benehmen kenntlich,
was der Gentleman ergrimmt
schriftlich dann zur Kenntnis nimmt

und so scharf Bescheid geritzt,
eisig sich fühlt abgeblitzt.

Das Gespenst

Möchte beim Spazierengehen
etwa jemand plötzlich sehen
ein Gespenst, das spitzbenast
flatternd ihm entgegenrast?
Bissig, übermenschlich groß,
brausts heran, dass fassungslos
Vater stumm zu Boden geht,

(2)

bis vom Sturmwind aufgebläht
krachend mit Totalfraktur
die bedrohliche Figur
blindlings an dem Stamm zerschmettert
dieses Pudels Kern entblättert,

(3)

der nach donnerndem Desaster
flüchtet überm Straßenpflaster,
während Vater wutentbrannt
kommt gleich hinterhergerannt.

Die Feuerwerkszigarre

Papa sitzt und liest – jedoch
was zu rauchen fehlt ihm noch!
Sieh! – Sein lieber Sohn, er naht
mit Zigarre von Format,
worauf Vater so beschenkt

nachdenklich

an zu rauchen fängt –

Als das Ding beginnt zu glühen,
wild zu zischen und zu sprühen,

liest er weiter wie vorher,
als ob nichts gewesen wär,

bis auf einmal furios

krachend geht die Bombe los!

Aber dieser Knalleffekt
hat den Täter selbst erschreckt,
der wie Zeus in Donnerblitzen
Papa sieht im Sessel sitzen
und entsetzt voll Reuetränen
wird zum Zeugen solcher Szenen –

Doch nachdem der Dampf sich hebt
und schwarz überm Sessel schwebt,
unverändert aufgetaucht
sitzt der Vater da und raucht
seelenruhig, stumm und stärker
als der kleine Feuerwerker.

Mummenschanz

Für ein unkonventionell
kühn gestaltetes Modell
lassen Länder, Meer und Inseln

auf dem Globus sich bepinseln
und die schwarzen Bürstenborsten
vorn zum Bartgestrüpp aufforsten.
Vater bastelt ebenfalls
mit der Schere für den Hals

einen hochgetürmten Kragen,
um ihn überm Kopf zu tragen.
Als der Rumpf, der rüstig schreitet,
so sein eigenes Haupt begleitet,
vom halbierten Herrn erschreckt
die zum Karneval korrekt
kostümierten andern Narren
ungläubig den Spuk anstarren,
und auch Opa schauerlich
hebt der Hut vom Haupte sich.

Vorsicht mit Schwänen!

Einen Schwan am Uferrand
speist das Kind mit eigener Hand.

Schließlich ist die Tüte leer –

doch der Schwan verlangt noch mehr,

als er mit den Flügeln flattert
und begierig lauter schnattert.

Um das stürmische Begehren
überzeugend abzuwehren,
schiebt der Vater keinesfalls
für den edlen Schwanenhals
etwa ernstlich akzeptabel
ihm den Knaster in den Schnabel,

und das Vieh fängt, statt zu fauchen,
mit Vergnügen an zu rauchen!
Stolz nach dem geschwinden Schnapp
dampft es mit der Pfeife ab.

„Für stürmische Tage"

Immer wieder weht im Wind
Vaters Hut fort,

bis das Kind

anstatt hinterherzulaufen,

vorschlägt, im Geschäft zu kaufen

einen Anker an der Schnur,
dass auf seiner Segeltour

mit dem eisernen Ballast,

wenn der Sturm ihn wieder fasst,

dann der Flüchtling bald gestrandet
an dem nächsten Baumstamm landet,
wo er jetzt, statt wegzufliegen,
bleibt gebremst vor Anker liegen.

„Erfolglose Anbiederung"

Es fliegt der Stock mit Schwung ins Meer,
der Hund hüpft artig hinterher

und bringt ihn in der Schnauze gern
gehorsam wieder seinem Herrn.
Inzwischen nähert leutselig

den Wanderern ein Fremder sich,

wirft seinen Schirm ins Wasser fort

und wartet auf den Rücktransport,
wozu jedoch der brave Hund
sieht auch nicht den geringsten Grund,

sodass der Gentleman nun leider
entledigend sich seiner Kleider,
den Schirm aufs peinlichste blamiert
gefälligst selbst sich apportiert.

April! April!

Hier wird erst ein Loch gesägt,

eine Schachtel dann zerlegt,

in das Tuch ein Loch geschnitten,

und auf diese Löcher mitten
in das Tuch und auf den Tisch
stellt Papa verführerisch

jetzt die Schachtel mit nichts drin

und ein Schild zur Warnung hin.
Sachte kriecht er in das Zelt,

wo er sich verborgen hält,

bis der Sohn, obwohl gewarnt,
hebt den Deckel – und enttarnt
trifft am ungewohnten Orte
plötzlich Papa statt der Torte.

Überraschung für den Osterhasen

Der Osterhase fleißig pflegt
zu drücken, wenn er Eier legt,
was diese Herrn mit Freude sehen,
als sie zu zweit spazieren gehen,

und um die nackten Eierschalen

aus Spaß ein wenig anzumalen,
verzieren sie ein jedes Ei
mit Papas stummem Konterfei.

Doch als das Häschen sein Produkt
erleichtert hinterwärts beguckt,
ist es entsetzt vorm Schnurrbarthaufen

mit einem Satz davongelaufen.

Täuschende Nachahmung eines Kindes

NUR FÜR KINDER

Als der Vater und der Sohn
wie zwei Reiter in Aktion
jubelnd auf der Wippe sitzen,

naht sich hinter Schnurrbartspitzen
streng mit aufgestütztem Arm
zur Bewachung ein Gendarm,
denn die Vorschrift der Erfinder
lautet drohend: Nur für Kinder!

Um als solches zu erscheinen,
Vater auf gekrümmten Beinen
wackelt wie ein Bübchen dumm
großäugig geduckt herum,
hält die Mütze möglichst dicht
vor sein törichtes Gesicht
und passiert so unerkannt
vor dem Wachtmann als Infant.

Der Bankräuber

Einem Kinde rücksichtslos
gibt der Räuber einen Stoß,
als mit gierig großem Schritt
er den Kassenraum betritt,
um mithilfe der Pistolen
die Penunze rauszuholen.

Vater aber wünscht zu wissen,
wer sein Kind hat umgeschmissen,

das mit ausgestreckter Hand
macht ihn mit dem Herrn bekannt.

Ha ! – Aus seinen Räuberhänden
ist kein Schuss mehr abzusenden,
weil der Schurke Haue kriegt,

bis er auf der Erde liegt,
und mit Recht dann allerdings
wird geohrfeigt rechts und links.
Jubelnd springen voller Dank
über ihre Kassenbank
alle, die sich da nicht muckten
und aus ihrer Deckung guckten,
wie ein Held alleine fing
diesen wilden Eindringling,

welcher gleich nach dem Alarm
abgeführt wird vom Gendarm.
Hocherhoben dahingegen
seines Löwenmutes wegen
dankt das ganze Personal
dem Befreier triumphal.